张子雷◎著

霜葉紅時

壬辰春月

朱向前题

时代出版传媒股份有限公司
安徽文艺出版社

图书在版编目(CIP)数据

霜叶红时/张子雷著.–合肥:安徽文艺出版社,2012.8
ISBN 978-7-5396-4331-1

Ⅰ.①霜… Ⅱ.①张… Ⅲ.①散文诗—诗集—中国—当代 Ⅳ.①I227

中国版本图书馆 CIP 数据核字(2012)第 151983 号

出 版 人:朱寒冬
策　　划:千喜鹤文化　　责任编辑:岑　杰
特约编辑:赵明娇　　装帧设计:尚书堂　闻　艺

出版发行:时代出版传媒股份有限公司　www. press-mart.com
　　　　　安徽文艺出版社　www.awpub.com
地　　址:合肥市翡翠路 1118 号　邮政编码:230071
营 销 部:(0551)3533889
印　　制:北京慧美印刷有限公司　(010) 80715674

开本:889×1194　1/32　印张:4.875　字数:80 千字
版次:2012 年 8 月第 1 版　2012 年 8 月第 1 次印刷
定价:18.00 元

诗人情怀　战士风骨

——序张子雷先生诗集《霜叶红时》

朱向前

古往今来，无论诗词歌赋，还是民谣小调，大都是承载“言志”、“缘情”的形式和结果。尤其是“缘情”或者“爱情”，更是古今中外诗歌大家、填词高手咏唱、摹写的恒久不变的主题和对象。“关关雎鸠，在河之洲”。集“六义”之大规、携先贤之大雅的《诗经》，开篇便是一首雍容华贵、欲罢不能的爱情诗。子雷先生的《霜叶红时》也不例外，尽管期间夹杂或爆发出部分“游离”于缠绵爱情之外的豪情之作，但大体上还是一部以抒写、感受、表达爱情为主的诗集。用情之真，感觉之醇，遣词造句之精准，结构布局之严谨，在诗歌（或者说整个文学创作）已基本退出时代话语中心而蛰伏于边缘地带的当下社会，不啻为一部难得的痴心、痴情，且集柔情与豪迈于一身、挟诗人情怀与战士风骨于一体的酣畅之作。尤其是那些“夹杂或爆发出部分‘游离’于缠绵爱情之外的豪情之作”，虽然篇幅不多，但给人感觉却是横冲直闯，豪情万丈，十分的顽强和执著。在不加掩饰地“暴露”了作者警察身份的同时，也立竿见影地区分出了《霜叶红时》不同于一般“纯正爱情诗”的特别之处——那就是在当下社会已十分罕见、甚至是消逝殆尽的原始的、勃发的，不经意间还带着男儿血性的、和诗人的心脏一起跳动的“战士的风骨”！

之所以有这种感觉，是因为在星河般卷帙浩繁、数不胜数的千百年来流传下来的倾诉或者表述爱情本身的诗词名篇、绝句当中，无论古今还是中外，大都是以“情”取胜。而这个“情”字，又基本上涵盖了天下所有有情人的“苦情”。含蓄、委婉、哀怨的多，豪迈、张扬、亮丽的少。比如填词圣手、号称词帝的南唐后主李煜，当了多少年皇帝大概没多少人知道，但要说起“问君能有几多愁”，但凡识文断字之人，大多都能接出亘古至今、脍炙人口的“恰似一江春水向东流”这句经典词句。虽然李后主愁的是他的江山社稷，但一个“愁”字其实比一个“苦”字还要难言千般万般。而《霜叶红时》不同。虽然作者表述的也是爱的感觉、爱的独白；爱的点滴、爱的絮叨；爱的孤独、爱的痛苦，等等。但整部诗集读下来，几乎看不到人为的“愁”的痕迹，更感觉不到顾影自怜式的“情”的苦涩。更多的则是爱的阳光、爱的豪迈；爱的纯净、爱的深厚；爱的承诺，爱的魔力，等等。开篇便是一首大气磅礴、几乎是呼啸而来的《我 用文字为你垒起长城》——“在 地球的旷野上 / 歌舞着一条巨龙 / 她的生命 是民族英雄 / 万吨汗水和智慧的 / 象征 她被昨日的 / 风雨裸露出 / 不朽的美名”。在这里，我们既可以把她看作是诗人以长城为对象，抒发自己对祖国的深情厚意，也可以把她看做是诗人的爱情宣言——以长城“不朽的美名”为标杆，表达或者“裸露”自己对心仪爱人的决心和意志！出其不意，所谓大开。

“大开”之后，接下来便是一组用情至真至纯的“真的”爱情诗。不管是《你是 我哭泣的宝贝》，还是《永不起皱的诺言》、《我愿为你导航》、《你 已有二十七个蝴蝶结》等等，都无一例外地袒露出所有诗人都会袒露的爱的心迹。敏感,多情,执著。行文宛若山间小溪,跌宕起伏且不乏奇思妙想。比如"彼此间的祝福和思念 / 把距离的空间染成了一簇 / 永不褪色的玫瑰 / ……然而 相识却把彼此心绪酿成的故事 / 骤然之间撞进了依依记忆 / …… / 沉默是拒绝不走的伴侣……(《你是 我哭泣的宝贝》);比如《永不起皱的诺言》一诗当中,"悠悠六载的愁绪和思念 / 像瀑布溪流一般割舍不断 / 柳丝吐绿 抵御着初春的寒梅斗艳 / 银杏擎天 裹着憾动三江的力量放绽", 就十分准确地表达了诗人的敏感;而"一年四季历炼多少次的凄楚 / 无处挥洒心间泪落的情感 / 扫描研读历代才子佳人的情缘 / 却总是不能把忧伤的火焰驱赶 / 凡人皆读爱情的不朽诗篇 / 却总是不能以才情和智慧去点缀这个诺言" 则真实而贴切地写出了诗人的多情;接下来的一句,"为了追忆并摄取到 / 你心灵闪烁的那份挚爱灼见 / 我愿赤着双足 嚎啕在 / 漫无人烟的荒原",更是阳光般毫不掩饰地凸显了诗人为了得到爱情的决心和执著。而在一段"如歌的行板"的"爱情"过后,又是一首展露战士心迹、或者说一名人民警察情怀的《祖国 你为我的生日而笑》——"祖国啊 泽东 / 玫瑰和香槟 / 是你 与太阳的笑容 / 昨日 是你的诞辰 / 而今天 却是我 / 火焰般的生命……祖国啊 泽东 / 我无须要求 / 与你同声 / 但我 企盼着 / 和你造梦 / 即便 你那 / 灿烂广阔的胸怀 / 淹没了 我 / 戏弄无奈的不幸 / 但我愿意 为你 / 干杯 为华夏儿女 / 干杯 在美酒和烛光中 / 被你的风采和战争 / 包围 是你 / 以杰出的演出 / 来 祝贺我的生日 / 祖国啊 是您 / 让我和一代巨人 / 握手 笑谈了 / 绚丽的人生"……想象之大胆,比喻之新奇。不但抒发了一个战士、一名警察的心曲，而且巧妙地衔接了开篇一首《我 用文字为你垒起长城》的大气。了无痕迹，所谓大合。

大开大合之后，又进入了“溪水”般清新流畅的爱的倾诉。无论是“我 让绿野留住 / 抵御风暴的 / 毡房”(《我 是一个不歇脚的骆驼》)，还是“我要 从你妩媚的思想中 / 啄去我已经死去的追忆 / 你的沉默 / 早已把我颤抖的 / 灵魂高高挂起”(《我向世界出卖你的沉默》)以及“我一直 / 在用心焚烧着 / 距离的遥远”(《让诗行 为我暴光》)，“在你开拓的手中 / 我是一枚充满 / 活力的棋子 / 可以蹦跳着 沟通 / 僵局的友谊(《你是 我的棋师》)……一直到“焦灼地期待着 / 套上一辆欧式贵族马车 / 一手提着马灯 / 一手策马扬鞭 / 驱赶长夜的困苦 / 让尘埃 弥留遥远”(《我和你 夜 》)、“尽管 / 你的生活 潜伏着 / 千里长堤的怨言 / 但是 你的誓盟 / 已经概括了欲望的疲倦”(《请你 将情感的绳子剪断》)等等，几乎把诗人的情感、思考、独白、呼唤甚至是痛楚和诘问都淋漓尽致地表露无遗。与此同时，也给读者传达了一种强烈的、甚至于是不可抗拒的信息，因为诗歌，爱不再脆弱，而是变得醇厚而有质感，就像月亮、星光之于诗人的夜空和灯泡、日光灯之于凡夫俗子的夜晚而让人回味无穷。恰恰，这一“质感”又是爱的表白、爱的向往、爱的呼唤和倾诉，既涵盖了爱的约定，也兑现了爱的承诺。可谓匠心独具。

而在这一组爱的协奏曲当中，看似有点儿意外或者说独具各色的《浪人酒吧》却引起了我的注意——“浪吧 醉吧 /

浪迹酒吧 / 醉吧　浪吧 / 不到如痴如醉 / 不回家 / 舞吧　浪吧 / 睡在马路才是家 / 你呀　醉吧 / 我呀　浪吧 / 笑在霓虹灯下 / 是冤家 / 走吧　永远 / 拾掇不起的 / 人生横七竖八”——表面看似有点儿“不和谐”或者“不着调”，实则诙谐幽默，深情款款，可以说是一首难得的写意之作。

《霜叶红时》是诗人的破题之作。只“霜叶红时 / 在柔美的厚土中生出新绿 / 那潮起潮落的心语 / 才是你撩开阳光帷幔的序曲”一句，便把诗人的爱情、爱心以及战士的柔情、热血男儿的情义推向了极致。辽阔的厚土是“柔美”的，“潮起潮落”的大海恰如战士的“心语”……而无论是“厚土”还是“大海”，都只是我们的爱情“撩开阳光帷幔的序曲”！序曲如斯，正剧何如？很显然，只能是翻江倒海的波澜壮阔。否则，根本不足以表达战士的风骨，战士的爱情！虽然在此后的“叙说”当中，也有爱的困惑、爱的孤独、爱的迷茫甚至于爱的痛苦和渴望——“深沉的人　是什么 / 罪恶的原因 / 使你对我如此的冷漠诡计 / 我已被你套住 / 脖子上的链锁　给 / 勒得奄奄一息　那 / 殷红色的血印 / 是我收到折磨的 / 有力依据　我 / 若渴地拜读圣经 / 以此来燃烧 / / 我身心周围的恶梦 / 你青春富丽的处境中 / 可能生满了带刺的葛藤 / 致使我飞翔的理想 / 在你的藤网中不能苏醒 / 残酷的人生 / 为何总是如此对我 / 亲密　你像一缸百年 / 陈酒　让我拒之不去 / 陶醉不竭　深沉的人 / 你将我推进了东西南北（《带刺的葛藤》）”…… “你彩虹般地躲进了 / 陌生的云霞之中 / …… / 你犹如一只受伤的信鸽 / 衔走了我的灵魂 / 穿越风雨　掠过山梁 / 给森林河流 / 洒下无限忧伤（《初别的缩影》）”……但最终,“绿水无弦 / 却能流奔心间/蓝天无云 / 却能给你我绘制画作经典（《雾中的谜团》)”,“您……应该相信 / 我正是你涉过怒江的桥梁(《破碎的希望》)”,而“时间 就是沉默的演说 / 拥有微笑 才是 / 永不凋谢的花环（《天之骄女 再见》)”。“我知道我的诗 / 不能豪放激越 / 但我知道我具有 / 凝重深沉的风格(《爱情的泽国》)”,而“你我虽是萍水相逢 / 却将情爱洒满了青苔的山梁 / 你若支撑起一片晴空儿 / 那么 人间的豺狼就成了猪的模样 / 那我的果敢正是 / 你可以享受梦乡的地方(《博大的猎人》),”“我从不考虑孤独的回应 / 唯有不幸 / 是我舍弃不了的奋勇(《孤雁嘶鸣》)”…… “除了那个憨厚固执的我 / 还有哪个汉子敢于承诺（《无言的心距》)”!这就是战士的风骨,战士的爱情,战士的承诺!不管是身处塞外的贺兰山,还是踏过遥远的黄土高原、八百里秦川,抑或是陡峭的六盘山上、北国的鸭绿江边,诗人都“愿意伫立在征途上的 / 高原古道 任 / 冬夜拥抱我的孤寂 / 任空阔的寒冷感受 / 彼此浪漫风情的秘密 / 岁月里没有沉重的距离 / 看那闪烁的星群 / 已经裸露在沙湖岸边的芦苇 / 愿我化作成雄鹰 / 披着塞外的雪景 / 让你在芬芳的长梦中 / 聆听我捕获罪犯和弦的琴声(《塞外的雪景》)”,渴望在“午夜 将为你我书写惊世诗篇(《午夜情话》)”……“我必须对你承诺继续 / 就像浪涛拍岸 / ——始终不渝（《忠贞不渝》)”, 直到最终,《上苍 又将彼此约见》——“尽管你我游离了不同的人间悲欢 / 甚至 那春天的梦幻天各一边 / 挥走无数个孤影纷落的长夜 /我不能忘却 无时不在望月对你呼唤 / 遗失了的脚步已经走远 / 惆怅没有个哭泣 没有泪洒的缠绵 / 无论你将来身置何处 我还能创造几度春秋 / 都会以心灵向上苍许

下心愿 / 或者明天后天　或者那个日复一年 / 赤诚地期待着再次和你约见”！

有人说过，因为诗歌的本质是心灵的礼物，所以，在所有的文艺创作中，唯独诗歌是最不可能成为大众消费品的。诚哉斯言。尽管我们可以在这里破解或者解读诗人的《霜叶红时》，但作为诗人倾诉的唯一对象、神秘而充满诱惑的 L.J 女士无疑才是所有诗意的灵魂所在。虽然无法猜测 L.J 是怎样一位女子，但我相信，拥有子雷先生战士一般的爱情，L.J 女士应该是幸福的、甚至是富有的，哪怕是在婉约的想象中，或者朦胧的梦境里。

是为序。

2012-04-09 于京西黑白斋

【朱向前系全国著名评论家、解放军艺术学院院长、少将】

目录

第一辑

第二辑

第三辑

第一辑

我　用文字为你垒起长城

在　地球的旷野上
歌舞着一条巨龙
她的生命　是民族英雄
万吨汗水和智慧的象征
她被昨日的风雨
裸露出不朽的美名
她是游历在五星红旗
怀抱中的　万里长城
我早已被她
不容动摇的赤诚
所鼓动　我带着

你的理想与幸福
陶醉在她的背上
让　风舔着
你我馥郁的长梦
我伫立在雾霭的
袖口中　　向你
向长城内外
敲响高傲的钟声
我要挥起灵巧的手臂
折断丛林中　最为
丰满的松枝　作笔

我要以雪雨为墨
我还要用闪电般的
神鞭　驱赶着蹦跳的
方字　为你为我
心目中伟大的女孩
堆砌起　长城之外的
长城　让其成为
同长城享有一样
声誉的美名

你是　我哭泣的宝贝

在上个世纪的　某年　某月　某日的
某一个十字路口　春色追赶着
扬鞭奔跑的两匹骏马
将你我不期而遇
没有美酒　没有咖啡
没有荡气回肠的圆舞曲
更没有挥手迭嶂的豪言壮语
于是　彼此间的祝福和思念
把距离的空间染成了一簇
永不褪色的玫瑰

在上个世纪的　某年　某月　某日的
某一个十字路口　一轮骄阳
羞涩地将温情播洒　只见
你躲在一把粉红色的雨伞中
与我那宽厚凌峻的身躯相望
没有升华的疑惑　没有沉醉的无奈
没有是否依稀揣摩的因果
更没有惊异浪里淘沙的旁白
然而　相识却把彼此心绪酿成的故事
骤然之间撞进了依依记忆

在上个世纪的　某年　某月　某日的
某一个十字路口　四周群山起舞
江河欢唱　还曾记得
你剪掉了那波纹涟漪和长诗般的发辫
在一个碧空如洗的码头　我轻狂的吸烟
没有离别的挥手　没有激流荡涤的相送
没有向时光跪拜并求它射伤你我的心灵
更没有必要向雷雨倾诉人生斑驳的共鸣
或许　沉默是拒绝不走的伴侣
但愿　哭泣的不幸化为瞬间的美

在上个世纪的　某年　某月　某日的
某一个十字路口　天地昏睡
蹦跳的生灵被严冬冰封
彼此的笑容不再璀璨夺目　岁月震撼
岁月在沉浮之中掩埋了多少令人欢快的追忆
没有浪漫的抚慰　没有憎恨的继续
没有期待着时间抹出彼此付出的责任
更没有让倾慕已久的荒漠植满荆棘
或许你不知道　或许沉甸的眷恋里
游动着一出玩笑
可是情感的甘美赛过圣母的笑意

在上个世纪的　某年　某月　某日的
某一个十字路口　瑟瑟寒风沉吟
茫茫雪际挥舞起夹裹着枫叶的彩巾
此时　心中的港湾已静如止水
没有金库　没有田地
没有在乎停留的脚步
没有让他人拭去雨落化成的泪水
更没有忘却燃烧真诚的花匠去采剪蔷薇
友谊无需延续　忧伤永不点缀枯萎
待到樱花穿越漫野
待到星月送走长夜
你我还是彼此欣赏的宝贝

永不起皱的诺言

夤夜　我咕嘟着香烟
伫立在没有纱幔的窗前
你飞针走线地把我
推进了寒气逼人的莫愁湖边
虽然天地没有将　彼此
在岁月的长河中欢颜　但是
悠悠六载的愁绪和思念
像瀑布溪流一般割舍不断
柳丝吐绿　抵御着初春的寒梅斗艳
银杏擎天　裹着憾动三江的力量放绽
一年四季历炼多少次的凄楚

无处挥洒心间泪落的情感
扫描研读历代才子佳人的情缘
却总是不能把忧伤的火焰驱赶
凡人皆读爱情的不朽诗篇
却总是不能以才情和智慧去点缀这个诺言

为了追忆并摄取到
你心灵闪烁的那份挚爱灼见
我愿赤着双足　嚎啕在
漫无人烟的荒原
沉甸甸的不幸　往往悄悄地

降临到人们仰望的白云间
而幸福　总是历经风雨
起伏在你我目送远航的白帆
或许　明天我带着
你那永不起皱的讪笑
去涉险一个遥远　但是
你和你那琵琶悠扬的琴弦
始终是我　唯一
放弃不了的伙伴

我愿为你导航

我是蓝天的拐仗
也是大海的心脏

姑娘　冷酷的姑娘
无论你是否冷落太阳
还是欢快地　舞起长滩白浪
我都会　为你挽起雨季
纵情歌唱

姑娘　冷酷的姑娘
我的锋芒和遐想
已被岁月的深渊腐蚀
瞧　我的情爱和才思
早在上个世纪

就已被厚土埋葬
既然　月夜不能理喻
那么　黎明也未必能
感受我丧失记忆的忧伤

姑娘　冷面如霜的姑娘
当你迷茫的时候
我会化作闪烁的流星
将你护送到青春的驿站
当你　无力回避雪雨
我那宽阔的臂膀
就是　你遗弃困惑的红房
无论你是否珍惜
红树林的精彩乐章
我都乐意为你导航

你　已有二十七个蝴蝶结

你每一个丝弦缠绵的
发结里　都蕴藏着
一幕精彩动人的话剧
为了尽兴忘我地阅读你
我愿以生命　收买
三峡的清澈绿水
作墨　为你青春
为你珠宝绸缎
为你扬眉吐气
偷偷地阅读你
似乎我的情感和灵魂

已被锁在地狱
但我愿意披挂凄凉
以及黑夜的亲吻
我想以呼啸的风暴
卷走岁月无落的扉页
让人间枯萎的悲壮
向蓝天裸露
向厚土投生
为了让血腥麻木的双手
在昏睡中得到雪雨的洗礼
我愿守着　你这内涵的蝴蝶
向峡谷　倾诉幸福

祖国　你为我的生日而笑

祖国啊　泽东
玫瑰和香槟
是你　与太阳的笑容
昨日　是你的诞辰
而今天　却是我
火焰般的生命

祖国啊　泽东
我无须要求
与你同声
但我　企盼着
和你造梦
即便　你那

灿烂广阔的胸怀
淹没了　我
戏弄无奈的不幸
但我愿意　为你
干杯　为华夏儿女
干杯　在美酒和烛光中
被你的风采和战争
包围　是你
以杰出的演出
来　祝贺我的生日
祖国啊　是您
让我和一代巨人
握手　笑谈了
绚丽的人生

我　是一个不歇脚的骆驼

我的主人
你在哪里
我迷路了
你在何方
我头顶着
给我带路的
太阳　去追赶
心中的月亮
披着云雾的眷恋
踏着荒漠的梦想
为了主人　为了
你这位　不会
歌唱着姑娘
我　让绿野留住

抵御风暴的
毡房　我扬起
受伤的双蹄
赶走了虎豹豺狼
为了主人　为了
不会歌唱的姑娘
我　驮着你的嫁妆
背着你那双
舞蹈欢爱的小红鞋
还有　备受你亲昵的羚羊
我不会歇脚
继续追赶你用
头绳放飞的月亮

我向世界出卖你的沉默

碧空　宛如一条
荡涤过的彩带
它上面刺绣着
流浪的闲云　我
那颗熟睡的灵魂
在它的酥胸中
向全世界献上
一份甜蜜的厚礼
纵使我对你的思念
散步在万倾芦苇

也不会改变
被你沉默的
倾盆大雨所牵引
你的伟大　在于
掩饰和躲避
我将以勇士的胸怀
向你感激
对我个人而言
你是　一本绝版的
漾盈着诗情画意的文集

我要　从你妩媚的思想中
啄去我已经死去的追忆
你的沉默
早已把我颤抖的
灵魂高高挂起
让阳光沐浴　让
枯枝挑起千里旅途的憎恨
黄沙　好像已被旋风拉起
人们可以闭目养神
而我的身躯
却被你的沉默吞进

浪人酒吧

浪吧　醉吧
浪迹酒吧
醉吧　浪吧
不到如痴如醉
不回家
舞吧　浪吧
睡在马路才是家
你呀　醉吧
我呀　浪吧
笑在霓虹灯下
是冤家
走吧　永远
拾掇不起的
人生横七竖八

生存是那么的遥远

我的人生旅途
有你的一半
而这一半之中
我要穿越多少黑暗
战胜多少次死亡和艰险
你的生活　布满了灿烂
而你的笑声
正是没有账单的花环
苦短的人生啊
在与我的意志争辩
无论哲人黑格尔或是叔本华
都无法概括和驱动
我那　灾难的肥沃理想

它已经出现　当
现实不能改变
观念的时候　我在
理性地选择温和以及
值得我荣幸的诚恳

我是一个不能满足的患者
或许　白云只是死亡的远帆
我的心海
已被墨迹染遍
我的生命
正在和历史握手
正在被不停的钟声搬家

蓝天　请系上你的纽扣

蓝天　你是一幅
永不磨灭的画卷
蓝天　你这位富于
情趣的老翁
你给予人类的责任
太多太多　多得
让我无力承受
你的坦荡
是我的哀乐
你的沉默

是我的心曲
或许　你不曾料到
或许　你的心绪
是整个人类求生的低落
但是　无论如何
也不要将我个人的
失落　载入黑色
白色　棕色和黄色

人种的账簿
否则　我会
记恨你的错误
呼唤整个人类
声讨你的诱惑
你溺爱自然
你为人类的生命
呕心沥血
积于　你那
豪放的个性

让我惆怅困惑
也让我戏弄背叛
你时常回避
地域的因果
但你不愿经历
无私奉献的代价
你是人类万般的刽子手
你是人间从来不打折扣的恶魔
多少才子佳人
多少将军士兵

多少富商政客
为了追寻你那
裸露心扉的风韵
而殉情牺牲
而悔恨表过
难道　你不为此而泣
不会为此编织
沉浮的岁月
尽管你与人类
延续着一尘不染的青睐
尽管　你一向
对我深情表白　我俩

没有缘分挚爱
但是　我懂
我乐意拥抱你的心声
狂风是你弹奏
竖琴的歌
那长着翅膀纷飞的
雪片　是你隐私的花瓣
还有　那淋漓下的
雨丝　不正是
你挥洒情爱的不幸吗

蓝天　请不要逆烦
我没有乐感的真诚
如果　你还能选择
误断　就请你
系上诱人的纽扣
我仍旧是你心中
那位　不忍心
抛弃的判官

月亮　让水对你说

水　眨着
楚楚动人的眼睛说
月亮　你不要
总是回望　抱怨
那冷清的孤独
我　无时不在
倾慕　你为人类的安宁
所付出的贡献及光明
这些岁月的硕果
已被多少个世纪的
风雨　纵情地

吻在了岩石和旷野之上
像一部历史诗书
让金黄色的枫叶
夹裹着烙伤的哀痛
掩埋在厚土的怀中
水　眨着
顾盼的眼睛说
海洋　溪流　湖泊
都是我的母亲和祖先
她们豁达　无私
她们　对谁
都信守纯洁奉献

唯独　对你
富有相思的顾盼
而我　仅是一滴水
一滴坦荡春心的水
月亮　你这个
老顽童　永不
向祖先低头的顽童
你　所有的
人间情梦
都已燃烧在
我祖先特意为你

设置的陷阱之中
虽然　我只是睡在
叶片上的一滴水
但是　我愿
以短暂的生命
去抚慰　你那
无法医治的悲痛
我唯一的夙愿
就是　当阳光
将我送上天堂的时刻
渴望将你一起带走
让吴刚和嫦娥探个究竟

你是　我心中的蒙娜丽莎

蒙娜丽莎
爽朗地背叛了我
而你同样
让我在离愁别绪中背叛
你与蒙娜丽莎
拥有同样含蓄诱人的名字
达芬奇却投其所好地
将她的财产渲染
而我只能在愚蠢的旋律中
朗诵涩咸斑驳的诗篇
蒙娜丽莎的羞赧一笑
醉倒了数亿人几百年
而你那渗淡婉转的微笑
足可以让我悲壮纷扬它一千年

天使和魔鬼

你这个令人欲恨
不成的小天使
像是被镶嵌在
冰垛里的玫瑰
一束诱人棘手的黑玫瑰
你依恋灰色的冬梦
你信赖冷酷的冰山
我想　那浩瀚无边的
北冰洋　一定是
你的世外桃源
你那可爱凶猛的北极熊

既是你的俘虏
也是　你忠实的保镖
连猎人都不敢
多看上你一眼
还有　那盘旋在
碧空中的雄鹰　也只能
怒视着你浩叹
而我　仅是一个
带着锁链的恶魔
我背着斑驳的罪恶
游历在阳光下

没有渔夫起舞的网中
假如　我这善良的魔鬼
还有眼泪还能歌唱
我将以热血把冰川融化
使冰床作为远航的帆船
载着　你这个骄傲的天使
让雄鹰拉起纤绳
让猎人和你忠诚的保镖
为你左右护航
将你　欢快地送到
魔力富饶的小岛上

让诗行　为我暴光

你无需悠闲地
握着　时间的利剑
来监视　我的嘴脸
请你放心　我一直
在用心焚烧着
距离的遥远
我的生活　已被你
滋润得非常饱满
我那　坚定的步伐
是印在田野上的

一个　永不
起皱的诺言
“H”每当我
独自绘织那段
溢彩的记忆时
就会愁绪郁结
像暴雨临前
密布欲哭的
云集集团一样
心海中坠着
一座沉重的金字塔

我为之苦笑悲痛
我为之震憾
白天 烈日剪彩了
我的微笑 晚间
吊灯 却把你略带
倦容的倩影
画在了 乳白色的
墙面 而诗行中
却蕴藏着 我那
飞针走线的呐喊

酒啊　我的情侣

我　赤着舞蹈的
双脚　畅饮
浓香的"酒鬼"
跌撞着黑暗的墙壁
将　衣衫抛给了
含羞的草地
我　拥抱着
孤独的棕榈
强行与她热吻
干杯　她啜泣着
怒斥道　恶棍
我不是你的情侣
我伸出同黑夜
一样粗长的脖子

呷了一口小酒说
我是蓝天的情人
上帝　可以向你作证
地域之门里羁押着
我的英名和灵魂
你若是拒绝真理
就让我以酒约会
拜伦和普希金　让
诗圣　为你我倾诉心曲
棕榈　你这位躲在
夜幕长裙下的丽人
你同酒一样　是我
踏着绳索过河的伴侣

你是　我的棋师

我是一枚　面带
杀气的棋子　你若是
出色的棋师　可以
得意地驾驭着　非常
快乐地　向一个
花季的棋局道别
在你开拓的手中
我是一枚充满
活力的棋子

可以蹦跳着　沟通
僵局的友谊　我的
弱点　就是等待话别
在溢美的言辞里
不会滋生棋子的秘诀
只有高明的棋师
敢于将我诚挚的新闻
送给他人　让一名
忠实的听众　回答送别

面纱　不是距离

可否　让我
以馨香的笔墨
堆砌起情爱的堤坝
可否　让我
挥起勾勒世纪的画笔
将　你那
纤细飘逸的秀发
锁接在　我那
“仙人掌”般的发梢上
让这　千丝万缕
穿梭于时空　宛若纤绳
把两颗别离的灵魂拉近
面纱　或许
是距离的屏障
但我会果敢地
驾驭字母或是汉字

为您演奏青春富丽
或许　你注定
是我生命的唯一
或许　我誓盟过的罪恶
是你爱抚的弦律
于此　我愿踮起
锋利的脚尖
以智慧的双手
为你采撷星斗
串织成人间独有的项链
套在　你那圣洁的脖颈上
同你分享满足的华贵
还有你胸前的吊坠
不正是　我偷来的
那轮　上弦月亮吗

你　是一颗爱撒娇的星星

你是一颗
爱撒娇的星星
宇宙是你裸露
真诚的象征
我想以三江五岳
作为独特的信物
换取你　永远羞怯
含笑的芳龄
你那七彩般的爱情
即便是用法语　俄语
英语　德语　甚至汉语
都无法能触摸
释解你的心房
但我能力挽大地
为你谱写光彩绚丽的人生

我和你　夜

灯　对我说
你睡吧
我陪伴着你
或许　能做个好梦
月亮　对我们说
你们都睡吧
有我在你们身边
披着雷雨的长夜
不会捕杀你们
此时　我却无言以对
推开通向世界的窗口

羞红了完整的三十七个春秋
期待　焦灼地期待着
套上一辆欧式贵族马车
一手提着马灯
一手策马扬鞭
驱赶长夜的困苦
让尘埃　弥留遥远
待到黎明
停到富丽的家园
待到红日初升
与我赶到你那温馨的庭院

请你　将情感的绳子剪断

你绝顶的智慧
对我来说　是一笔
人类的财产　你那
闪烁的思想　是学者
一生的遗憾　尽管
你的生活　潜伏着
千里长堤的怨言
但是　你的誓盟
已经概括了欲望的疲倦
不幸与幸福　无需

喧唱呼唤　幽灵以酒
浸泡才是人生内涵
雪水滴淌着
严冬岁月泣诉的嘴脸
天空生出浓厚的皱纹
已被情感的波浪剪断
愿日复一日的霞光 刻着我的名字
永远在你的明眸中闪现

第二辑

霜叶红时

你是　一位令我非常
恼火又百厌不烦的女人
如果　天是我不幸的躯体
那么　纷落嘶鸣的雨丝
一定　是被你抽尽的血鞭
你已将我完整地赌给了大地
我那震痛飘扬的旗帜表明
在你忧郁的心海里
或许　就没有埋伏

夺目的涟漪　无论我
激流的旋涡中　是否
诞生过你爱看的喜剧　待到
冰床逃逸　霜叶红时
在柔美的厚土中生出新绿
那潮起潮落的心语
才是你撩开阳光帷幔的序曲

请揭开 你愁苦的锅盖

姑娘　你那盈笑的良智
像阳光一样富态
灿烂　你那灰谐的爱情
犹似愁云一样浩瀚无边
无论你是否对人生留恋
承诺灵魂的震憾
永远都是我
守望财产的典范
或许　彼此的祝福
是忠诚的发现
一旦　遥远的牵挂里
隐喻着误导的背叛
那么　所有的人间喜剧
将化作迷离的星光闪闪

带刺的葛藤

深沉的人　是什么
罪恶的原因
使你对我如此的冷漠诡计
我已被你套住
脖子上的链锁　给
勒得奄奄一息　那
殷红色的血印
是我收到折磨的
有力依据　我
若渴地拜读圣经
以此来燃烧

我身心周围的恶梦
你青春富丽的处境中
可能生满了带刺的葛藤
致使我飞翔的理想
在你的藤网中不能苏醒
残酷的人生
为何总是如此对我
亲密　你像一缸百年
陈酒　让我拒之不去
陶醉不竭　深沉的人
你将我推进了东西南北

初别的缩影

你想走吗
你真的走了吗
没有回眸激情的挥手
更没有编织缠绵的许愿
你彩虹般地躲进了
陌生的云霞之中
你牵着一场狂风
卷走了我无绪的长梦
你铺设的万倾沙丘

掩埋了我呐喊的生命
或许美丽的微笑
是诱人的陷阱
你犹如一只受伤的信鸽
衔走了我的灵魂
穿越风雨　掠过山梁
给森林河流
洒下无限忧伤

古筝　约会优雅的芭蕉林

你　一个戴蓝色墨镜的女孩
你　一个用梦诱惑幸福的女孩
不求与你握手　因为
道别总是让我饮泣
悠扬的无奈和惆怅
我想　将你藏在
绽放樱花的园林
让柔丽如水的春风
伸出娇美的手臂
为我　为你那优雅的
芭蕉林曼
弹奏出旷野丰韵的神曲
我让盈笑的霞光

把那片最为韵致的
云朵采下　　裁剪
为一把粉红色的
雨伞　为你多情地放展
让你温存的脚步
踩出一座城堡
在你羞怩的窃窃私语中
我命令上帝　给你
备上香槟和玫瑰
让你领略无际的自然
让自然走进你青春的记忆
让记忆伴随着　你心中
那片永不凝落的芭蕉林

你是万盏灯笼的主人

天　抱着
白日的疲倦
醉酒似的
打起了哈欠
而我　却将
一个卫士的
爱心和尊严
洒向了游动 魆魆 的夜幔
为了　拥有
你那蜂蜜般的巧笑
我　不能入睡
一座年青的城市
不能入睡　因为
你是那万盏灯笼的主人

天之骄女　再见

握手　向情场宣誓
再见　对彼此来说
分享着一个割舍的余梦
正在朝露般地
向着温柔的太阳
滑稽十足地投降
再见　我厌恶再见
我心爱的　天之骄女
我的心肝　已被鳄鱼吃完
泪水　也已被风沙吸干
我在　等待　等待
一个与黄河共舞的伙伴

我站在巡航的战舰上
为你　为人们
铸就一个不朽的格言
握手吧　再见
时间　就是沉默的演说
拥有微笑　才是
永不凋谢的花环
祖国啊　我的情人
你是　中华民族的天之骄女
是我心中　爱不释手的画卷
我将会把这守候到永远

雾中的谜团

为了追寻你富丽辽阔的清纯
我遭受了三十年时光的遗弃
涉过了万水千山
悲泣了茫茫荒原
无论长河落日
还是大漠孤烟
都是我吐露给你的
不朽诗篇
绿水无弦

却能流奔心间
蓝天无云
却能给你我绘制画作经典
假如彼此错过遥远
那将是整个人类的遗憾
除了你我
有谁能释解这雾中的谜团

望月隐居

在我不能触摸的情网里
仅有过佳人“费雯丽”
偌大的宇宙般记忆
再也无缘留住一个女人
我的心似枯井之水
静静的奄奄一息
你不该过早地接近
或许我能活过九十寿辰
要么你让我呐喊苦吟
要么你继续望月隐居
即便多虑不再光临青春
我也将身心洒向你多梦的雪季

你是我的希望

你那富有辽阔的思想
像纯净的晴空一样
你那夏日丽影的善良
像大海一样慈祥
我感悟你的眼睛
给我的细浪遐想
我欣赏你的风韵
赛过“邓肯和乔治桑”
自从有了你漫舞的风筝
我就守住这轻狂不放
摇起我的臂膀当作双桨
让远征的战舰划向你的心房

往昔的时光

我的至爱
我的爱人
你我用心溶化了
无法回避的冬季
谁都不想
让无奈抛弃
谁都想拥有
永恒的约会
人生能有几许
让欢快和幸福继续
尽管我知道
我的过去没有伴侣
告诉我吧
黑暗重温了我的记忆
你若不想舒展心扉
痛楚仍是我洒脱的唯一

破碎的希望

你旋律的青春和生命
宛若茉莉花芳菲馨香
我曾有过的往昔时光
远离情感的精彩篇章
尽显秋天的落叶忧伤
为此　我常向您苦诉衷肠
你的神采悠扬欢畅
似激流远帆巡航
在我的心海之中流淌
由于你的貌美超群
我再也没有破碎的希望
您……应该相信
我正是你涉过怒江的桥梁

一丝不挂的晴空

牵着你调皮的情梦
越进了滩边的绿洲之中
脚戏着怒吼的河床
手支撑起一丝不挂的晴空
不要留给我诱人的背影
因彼此不再戒备陌生
若你恐惧一次一丝伤感的革命
那我就是你身边的救生艇
为挽留你这位迟到的丫头片子
为了让你阅读彩虹之下的风景
我载着你温顺的心灵
在丘陵和雪雨中旅行

爱情的泽国

我知道我的诗
不能豪放激越
但我知道我具有
凝重深沉的风格
在我爽朗无绪的创作中
你始终都伴随着我对月当歌
你已扬鞭策马
冲进了我情爱的茫原泽国
在我流逝的人生
灌满了霪雨和不幸

英气和威武
早已醉倒在那些善良的民众
而我的名字却腾跃在清澈的湖泊
你是我记忆中的仙鹤
无论你有无震痛的飞落
我都是你送别的过客
心则是永远导航的路标

瞬间的美丽

你剔透无比的眼神
使沉寂的星夜销魂
我精心筑起的千里堤坝
能否抵御你的闪电雷击
我的轻狂没有沉睡
可你总是让我的恶梦唤起风雨
即便百合瞬间灰烬
但在思绪中滋生了稀有的纯洁
人们总是怀旧破碎的过去
即便不曾有过斑驳的记忆
也愿意拾掇那一份清丽的厚礼
冬夜　在营造彼此的温情话语

孤雁嘶鸣

纷落吧
没有敌视的愤慨
雪雨般的沉默无情
距离
记在无奈的账本上
灵魂
若是陌生
可以相继死去
企盼
幸福中驱净你的身影
梦境里不再生长誓盟

你拥有云雾
是我翻阅的苦痛
让月亮挥走夜空
让绿洲闭上眼睛
孤雁嘶鸣
溪流无声
谁不想
挺过有限的生命
去弥留哀乐的人生
我从不考虑孤独的回应
唯有不幸
是我舍弃不了的奋勇

博大的猎人

清新流放的你
舞蹈并猎艳陶醉于旷野
似乎在护卫着小花鹿儿
无虑地与天地融融共鸣
你是一个博大的猎人
没有栖身的小屋　却
追赶着无际的牛羊
将幸福的泥土滴入馨香
你我虽是萍水相逢
却将情爱洒满了青苔的山梁
你若支撑起一片晴空儿
那么　人间的豺狼就成了猪的模样
那我的果敢正是
你可以享受梦乡的地方

无言的心距

意志所营造的沉默
将是音乐般地撕裂灵魂
愁丝不是粼粼碧波
而是纷扬的雪片凝落
没有凄凉幽怨
只寻求忘却
或许你还知道
人间的悲喜剧
只不过是一瞬间的因果
是非的织错
除了那个憨厚固执的我

还有哪个汉子敢于承诺
为了呼应精彩的生活
我必须吞噬罪恶
我的至爱
我的帅哥
你是我生命的脉搏
即使我告别人世
你也是我唯一牵挂
唯一乐意朗诵的诗歌
为了这艰辛的美妙
为了这蓝宝石般的结合

你已将我的全部内涵紧锁
沉默洋溢着艺术的效果
而无价的心距
是彼此阅读感情的段落
心爱的——S.L
夜在驱赶着静寂
我正以感慨撩拨
期待着你给我智慧
让我继续豪放地劳作

没有消沉

我峰峦起伏的过去
染遍了伤感的记忆
枫叶里没有了阅人的消沉
无绪已飘落在涓涓流水
你清晰可见的笑容
宛若黎明的晨曦
那样富于诗意
那样韵致诱人
你是牡丹
还是玫瑰
无论你有无明朗的万千思绪
你不朽的名字……S.L
都能让我透悟人生的
幸福和甘美

拭去不走的梦

你多春的粉色背影
是我拭去不走的长梦
你秀丽的发披
给了我无限流情
虽是小家碧玉
却赛过名门风景
不管云雾是否纳闷
你都是我爱听的琴声
你那清澈的温柔
好像森林中的蔓藤
悄然地爬向
属于我的日月之中

涩苦黄昏

正是缘于
你的粗心大意
时间对我
是如此的冗长压抑
或许　你
无意将这欢爱记在心里
或许　你
已将这弃于没有泪落的土地
我不想让你知道
那落潮的江堤有无斑痕
我更不想让你知道
追忆已临近涩苦的黄昏

沉默的湖水

你多梦溢彩的脚步
弄醒了饱经风霜的河道
你执著如春的仙笑
已溶进承受沉默的锁桥
多不情愿
将你无绪的冷酷
跌进我欲碎的网里
而我已将恍惚的忘却放跑
狂热地拥抱曾经铺设的轨道
像烈火一样把我的胴体燃烧
我们起伏的心傲在星月下
已化为若即若离的生日蛋糕

情人岛上有侦探

情人岛上的情人鸟
戏弄着碧波船啄着爪脚
羽翼摇着朵朵的云
划着蔚蓝的天床
桦树林 簕 杜鹃的浪漫
是她歌唱起舞的秋千
太阳满载着
你我的无尽情欢
眯缝着眼儿
谢幕于彩霞缠绕的峰峦
静谧的夜
像把巨大的伞

多嘴的月亮
将你我相约在深圳河畔
你漂亮的脸蛋儿
透着永恒的红润
贴近了我岩松般的双肩
羞怩地望着我说
——傻小子
我们永不分离
我说——当心
亲爱的——
那伞外的星星
才是真正的密探儿

将我的身心寄回

每一次兴高采烈地送你
必然都给我留下一段
崭新疲惫的记忆
或许　在呓语的榕树
和路灯下　深夜
你浅浅的微笑里
已经道白歉意
但归根结底

你还是以聪慧的唇印
印在我灿烂的脸颊上
将我的身心寄回
像邮戳那般艳红
像弦月那般明媚
将所有的相思和别离
都溶进了　那
挥之不去的距离

屋

在没有崇拜你之前
我无望地躲进了婚姻囚笼
长夜和蟒蛇恶毒地
将我拖进刑场造梦
我向往玫瑰和杜鹃
编织的爱情屋
可时光总是拒绝
我对你眷恋的永恒
你的豁达和垂柳般的温柔
已将我的岁月愁容抚平
愿你变成明朗的月亮
闪耀在我无际的晴空

诱　惑

怀着童年的幻觉与神秘
推开了纷杂的情侣大门
远古至今的轶事名人
都溶进了舞台道具
剧目中的俊男痴女
成了街头巷尾的直播新闻
我一尘不染的灵魂
荡涤在多情多梦的年轮
为了寻找我身心的另一部分
我饱经了星月的续续苦吟
正当浮躁相随之际
蓦然发现　苦苦寻觅已经背离
姗姗来迟的你——你的至爱
才是我舍弃绝望的那位丽人

承受别离

当我游历开你
那富于诗情的怀抱时
我颤抖的身心
就像断了线的风筝
在霪雨孤独的天空中
感伤地无所依居
我乐意承受别离
给你我带来的围困
而不愿意因为言辞的异端认真
曲解了熟悉彼此弱点的机会
我向世界喧闹的誓盟
就像沉醉在沃土上的路轨
你可以愉快地通过
走向别人不敢涉足的境地

“毕加索”的画笔

我的兄弟　我的情人
无需用“毕加索”的画笔
将你的芳容点缀
我已被这奇遇
燃烧得如痴如醉
我们拥抱月亮
我们接吻海洋
将浪漫无际的爱情
由日出洒向黄昏
亲爱的姑娘
请不要为暂时的别离
而伤情落泪
我宽阔的臂膀
是你纵情拥抱太阳的天梯

你是我的哲学

我有一个未曾公开的秘密
就是灵魂已被罪恶浸泡
或许你已经意识到
或许明天　我
将带着无穷的情思
骑上飞奔的战马
把你爱听的音乐带跑
如果溢彩的欢笑
能够取代时光的泪落
那我就把所有
对你的眷恋
植在三江五岳
亲爱的 S.L　还有
你们这些当警察的兄弟姐妹
今生　注定你们是我
爱不释手的哲学

午夜情话

——夜　伸手不见
静寂得没有一丝语言
你所有的泣哭情牵
已被我的太阳鸟
带到了——古城西安
夜——　伸手不见
似乎　让我
重温了你翩翩起舞的童年
愈是这样沉静孤苦的夜晚
愈是能勾起我对你无弦的思恋
午夜　将为你我书写惊世诗篇

厚土作床

从一个月前的今天
我们从陌生到了
难舍难割的今天
期间的情欢
除了生命
任何一把锋利的宝剑
都难以撩断
亲爱的 S.L
与日月同睡
厚土作床
愿我们心系蓝天
将思念随着鸿雁
意外地飞临到你的眼前
让你知道　甜美的幸福
再也不能离开你的身边

塞外的雪景

北国的月夜　遥远空旷
是那么的丰韵至深感人
我愿意伫立在征途上的
高原古道　任
冬夜拥抱我的孤寂
任空阔的寒冷感受
彼此浪漫风情的秘密
岁月里没有沉重的距离
看那闪烁的星群
已经裸露在沙湖岸边的芦苇
愿我化作成雄鹰
披着塞外的雪景
让你在芬芳的长梦中
聆听我捕获罪犯和弦的琴声

凄惨的傍晚

我错误地将美满
带进了漫无边际的土原
八百里秦川无情地
围困了我的情感和依恋
我的疾苦　已
远离了你那温馨的怀抱
我的激情　已被
风沙淹没在凄惨的傍晚
面对着那苦涩的
残枝落叶
心绪里除了承受
别离的折磨以外
似乎灵魂死在了塞外天边

贺兰山之梦

你我怀抱的那个太阳
每天都带着我们
金戈铁马汇成的战歌
涉水越岭地沉醉
在天际的贺兰山上
我的脚步　已经
走完了相思的距离
再过或许的几天
我就捎去塞外的冬季
让明媚的月亮
悄悄地飞奔到你的窗前
为了守住你的娇美
我娇憨的脸容
宛若脚下这片辽阔的土地
尽显鱼鳞般的皱纹

不是冰封的陷阱

我粗狂的豪情
能够遗忘春夏的风景
却不能掩饰
你给予浪涛不尽的情衷
如果你能与我
分享别离的苦痛
那么　夕阳余晖下的沙漠
也不是冰封的陷阱
如果我那欢快的酒盅
能够将你的忧伤抚平
那么忘却自我的初衷
让你留在纷落的雪雾之中
你若是欣然感受这份永恒
我就会展开双臂
纵情地豪唱拥抱　点缀
在瑟瑟寒冬树梢上的繁星

忠贞不渝

银川的夜空　　今晚
就像酒鬼一样昏昏沉沉
高原的黄河水浪
在追寻她的祖祖辈辈
S.L　久违了
如果希翼的岁月里
没有你给予我的抚慰
那我将怀抱着
对你无限的依恋离去
或许我终于让你欢快的失意
因为我们遥居
这种伤感的流离
我必须对你承诺继续
就像浪涛拍岸
——始终不渝

蓝玫瑰

我　拥有故乡
小河的河水
你　依恋故乡
碧空的白云
我不知道　在你
纯朴的生命里
是否有我孤单的过去
我都会在你的无奈中生存
请不要遗忘
那束蓝玫瑰
因为她的内涵里
有我悲伤的叹息
愿我情感的沉浮
挥洒成一场暴风雨
去滋润你家的田地
去浇灌你那酥胸中
永不凋落的蓝玫瑰

六盘山窃语

为了　给你捎去
富于古韵风情的童话
我　饮尽了黄河
岸边的帷幔风沙
看　那川流不息的河床
蠕动着略带伤痕的粼粼冰垛
尽是　寒冬美丽的赤裸
星光　闪烁在
幽深的峡谷　而我
却流奔在巍峨的六盘山上
踮起脚尖向您久久 瞭望

淡蓝色的太阳伞

你初恋的情歌
传遍了花鸟缠绵的
鸭绿江畔
多情的松柏和杜鹃
在雪季中
为你编织一个
梦绕情牵的内涵
你那妙不可言的微笑
赛过夕阳余晖下
一朵绯红的云霞
在海鸥恋爱的江面上
波光闪闪　我摇着
横过激流的小船
遥望岸边飘逸欲滴的
那一把淡蓝色的太阳伞
疑惑地咕嘟着香烟

九六“圣诞夜之梦”

你像颗云外的星
没有落叶的裂变和苦痛
总是盈笑着
给我流水般的温情
我是断了线的风筝
无绪的愁容
羞红了落日的天空
风雨是我挥不走的歌声
你飘逸的秀发
就像河边欲滴的垂柳
你婀娜的身影
赛过舞蝶的芙蓉
我所有的不幸和情梦
已溶进月下的西湖中

第三辑

天鹅之死

在我欢腾的阅历中
文字　　或许比起
我的灵魂还更美丽
因为我的文字

高尚甜蜜　时常令我沉醉
不已　而我的灵魂
却布满了滚烫的煞气
而狡黠的天鹅
经常以我舞蹈的

文字充饥　并且毫无
羞耻地偷走　我那
孩子般的心曲　心被
食亡了　灵魂站了起来
而天鹅拥抱着山厚的雪
要摇下一场灾难的风暴
倾刻之间　变成了
地大的“恨”字

魔术师之恋

天也蔚蓝
海也蔚蓝
朦胧中　水域
成了变色的油彩
云朵抱着眨眼的星群
给赤裸的峰峦披上了纱幔
孤雁抱怨
鸳鸯浩叹
天未老　情却变
残梦浸泡的瞬间苦短
已使她们　饮尽
失去爱侣的浪漫
阳光挽起罪恶的诱惑
让清风调戏岁月无边

给天空　轮椅上的女神

你是　居住在
悬崖峭壁上的
奇花异草　你
恬静的冷傲
使虚荣的峡谷羞愧
使猎人和樵夫不敢逼进
你那　饱满诱惑的魔力
像太阳　像月亮
令人不易攀摘
对你来说　我只是
一个生疏的客人
一个善于开采财富的人
你是坐在天空

轮椅上的女神
而我只是　那
浩翰沙海中的
一点绿　一点被关在
旷野地狱中的绿
我每天的头等大事
就是　感受你那
冷峻的目光　为此
我要挣脱尘土的红袍
穿上　羽毛的鞋子
在一个收获的季节
成为一个赶路的人

我　同你住在一个夏天

在我飘扬的
眸子里　天
犹似魔术大师
手中的一把伞
它将　你绯红的
脸颊　映出了
无比璀璨的彩虹
兴致地　植在了
八百里秦川
无论　你轻盈的
脚印　是否忘在了
鸭绿江畔　无论
我卖笑的歌声　是否
迷留在　悉尼的歌剧院
我　深信不疑
同你住在一个
雨后苏醒的夏天

我　是一个符号

黄河呼唤
绿叶招手
于是　我
呼喊着　极不
情愿地来到了
红旗招展的人间
我睁大了无限
恐慌的眼睛
拒绝了人们的
友善和施舍
极想匆忙地
飞越人生
但我　最终
还是陶醉地

趴下了　疼痛
让我清醒了
我　那幼稚的
伟大理想　只能
从零的呓语歌声中
开始　蝉或树叶
成了我充饥的果实
或许　冰雪就是
那个时代最为
鲜美的果汁
小不点　锁定了
我的名字　也就
成了人流中

一个不规则的符号
昨日　地球
曾经被我推得
热吻拥抱
而今天　却
被我置于足下
当我　神情庄严地
守望着五星红旗时
出于　对祖国的
一片赤诚和责任
我　仍就是
一个标点符号
而且　是与你
共同拥有的
一个符号

戴红帽子的小蜻蜓

我　是一个
戴着绯闻
红帽子的
小蜻蜓
是花的使者
是蚊虫的克星
无论　你是
天山的睡莲
还是南国的
凌子水仙
我　都是
你精心挑选的
卫兵　是为了
尊严而英武的卫兵

秋天多梦

从你灿烂的秀眸中
我读到了记忆中的不幸
无论　几许赤诚
都是彼此生命的印证
绿野可以向太阳鞠躬
情苦是崎岖山路的星空
秋色是吐丝的梦境
溪流承载着
伤痕无情
向森林招手
投进抱怨愤怒的大海
凝视碧空的一只白鹭
拥有没有雨露的晨暮
十里长滩植遍友情长梦

我　不再沉溺于孤独

当巍巍山脉　无意中
沉醉于沉默的时候
即便　我多情地
问上一声　对不起
你也有疲倦困惑
我　丝毫意识不到
比它　还会魅力伟岸
既然　我能敞开心扉
拥抱岩石同梦

那么　我还有什么藉口
向冰雪喧泄不幸
假如　我包揽了
人们拒绝不走的孤独
那么　阳光下的绿野
就是五十六个民族的生命
人类期待
也会将和平永恒
而我　却期待
期待着 一个悠远的黎明

道别有话

你无须对月夜承诺
星光湖泊是诗的织错
拭去枝叶败落
去感受月历的伤烙
你音乐般的巧笑
能诱起荒原狂飚
蓝天无力回避
你起舞在丝绸古道
你能轻盈地掠走
凌空水域的长廊
我却能驾驭距离的厚墙
为你吟诗纵情豪歌

星空之歌

让笔墨唤起风雨
让诗行浸泡灵魂
你明朗圣洁
令我神伤飘逸
岁月是我生命的继续
清苦是我财产的唯一
未见你时我豪言沉郁
感受你盈笑贯穿天际
倘若你想厮守永恒情真
就伸出你温柔的手臂
挽起彩虹下的雨季
而我会痛饮风暴的洗礼
即便你在林间小道
挥走友爱的过去
悬崖瀑布之中
铸就我傲然满足的身躯

灰色的败落

小姐　久别的诗梦
为了品味去欣赏　你那
静如止水般的风雅和高贵
我甚至是在赶赴一个刑场
似乎　掉进了雪原覆盖的冰窟

小姐　你何曾知道
整个孤寂的斗室　俨然
是一个硝烟未尽的阵地
我为你　你的圆舞曲
而饱受着　灵魂
被撕裂的阵痛
谁都奢望　友谊永恒

谁都意会不透
爱情被蹂躏的残酷
尽管　为此有过
灰色的败落
但是　选择的织错
并不能让我拒绝执著

路　通往僻静的溪流
而溪流的依恋
往往会背叛湖泊
愿我　这株濒临枯萎的
橄榄树移植在　你那
浩瀚无际的沙漠

雨花石的烙印

没有去品味咖啡
和甘美的香槟
而一炉烟斗　将我
燃尽在渐渐淡然的黄昏
没有美酒　没有碧螺春
心中只有姑娘的品格和才艺
在我浩瀚的心海里　宛若
雨花石的珠光宝气
没有了驰骋风云的战马
没有了征服恶魔的猎枪
回首四十个春秋如梦的尘土
骤然之间　被你

纤细的手指一曲弹尽
没有音符的云霞
没有夺目心动的玫瑰
那望江楼下滚滚东去的江水
正是我向古都天使誓言永恒的声音

夕阳溢彩的烙印
似乎已卷进了历史的延续
一壶浊酒让我散尽了
此起彼伏的愁绪

缤纷的雪夜

夜渗透了缤纷的雪季
窗外　孤寂的路灯
却不知风寒地傲然挺立
只是呓语　没有哭泣
窗外　窗外的路灯里
徘徊着一个怨结无续的冷艳佳人
昨天她还乖巧可人　而今
却舞着脚步窈窕唱吟
夜已被飘零的云雪围困
任凭严冬追赶着我的灵魂
我驻足在瑟瑟无息的金陵古城墙下

饮泣惆怅地阅读你的风韵
那锈迹斑斑的雨夜
无言无悔地躲藏在
你那富有激情飘扬的纱巾
于是　距离被时间的纤绳拉近
我们牵着曾经激情岁月的双手
相约在一个柔美的冬季
以身心相拥在来年缤纷的雪夜
去守望感受一生沥胆的记忆

跋:上苍　又将彼此约见

——致 L.J

浩叹　无数个飘落的昨天
没有　停留在你我的身边
当双手颤抖地捧起生命的年轮
那波澜壮阔的绚丽已划过心间
可曾记得　彼此的相识相知
点缀在日复一日　年复一年
宛若地球和月亮　日夜相伴又如此遥远
却不能将各自的情感倾诉心田
您可曾知道　那份沉甸甸地牵挂和眷念
已经不能把你在我苦短的人生中驱赶
您可曾知道　闭月羞花沉鱼落雁

她们都会因你而摭羞掩面
追溯从前　我依然清晰地记得
你像西湖岸边纵情绽放的仙子一般
冷傲地闪现在令我灵魂震憾的眼前
你那楚楚动人的姿容　羞煞了牡丹和蝴蝶兰
当岁月轮空　上帝又将彼此约见
你那承载了数年风雨的躯体
像一只远航归来又疲惫残喘的帆船
忧郁神伤的秀目中挂满了凄凉和泪斑

瞬间　我这个血性十足的男人
灵魂深处感到丝丝般震痛并为之惊叹

即便煮酒论剑　倩影阅遍
也不及拥有你的盈笑让我欣慰灿烂
尽管你我游离了不同的人间悲欢
甚至　那春天的梦幻天各一边
挥走无数个孤影纷落的长夜
我不能忘却　无时不在望月对你呼唤
遗失了的脚步已经走远
惆怅没有了哭泣　没有泪洒的缠绵
无论你将来身置何处　我还能创造几度春秋
都会以心灵向上苍许下心愿
或者明天后天　或者那个日复一年
赤诚地期待着　再次和你约见

后记:

小榻琴心展,长缨剑胆舒

郭　木

初识子雷先生,是深圳金一百文化控股集团董事长、香港中华亮宝楼总经理褚永军先生引荐。虽然身处芳草萋萋、木棉盛开的江南,但子雷先生给人的第一感觉还是一位标准的山东大汉。堂堂仪表,孔武威势。古铜色的肌肤,似乎每一个毛孔都弥漫并准确地诠释着力道的深厚和顽强。不得不感叹,天生就是一块当警官的料。后来才知道,子雷先生不但好诗,而且好书。写一手好诗的同时,还写一笔好字。这在深圳这个以发展经济为主导的“改革开放的窗口”,多少就有点儿“另类”或者“不合时宜”。尤其是对于奔波、战斗在公安第一线的一名警官而言,就更有点儿风马牛之疑。好奇的同时,便不得不猜测、不得不揣摩一个看似很简单、回答起来却多少有点儿伤神的问题:一双经年“舞枪弄棒”、说不定掌心已经起了厚厚老茧的大手,怎么就能握住一支纤秀且极具灵性的笔杆?绣花般地写出如此曼妙、如此典雅、如此敏感、如此激烈、如此深情、如此豪迈……的诗句?缘由可能有很多,但根本的一点,作为一名曾经戍边二十六载的老军人,窃以为,正是因为军旅生涯的严酷、警务工作的磨砺,恰恰历练、或者反衬出了子雷先生对美的敏感、对美的认知、对美的把握和珍惜——唯此敏感,才会滋生诗的意念;唯此认知,才会酝酿诗的萌动;唯此把握和珍惜,也才会沉积诗的勃发、诗的豪迈、诗的真挚和情义……古人有言,“小榻琴心展,长缨剑胆舒

(元·吴莱《寄董与几》诗)”。而作为一名曾经的军人和如今的警官,能写出如此豪情万丈、柔情似水的诗作,古人所推崇、所赞美的“琴心剑胆”四个字,恰恰就是对子雷先生的最好评价。

再说深圳金一百文化控股集团董事长、香港中华亮宝楼总经理褚永军先生。作为深圳市重点文化企业的掌门人,天资聪慧、神思儒雅的褚永军先生可以说是一位年轻有为,在业界已经是一位声名显赫的现象级人物,不但对深圳文化事业的发展和建设颇有建树,多次得到市政府、省政府、甚至更高一级的北京有关部门的认知和肯定——2008 年,其集团研制开发的(北京)奥运贵重金属收藏品曾得到国际奥委会前主席萨马兰奇、现任主席罗格等国际奥委会成员签名收藏;2009 年,专门为国庆六十年周年研制开发的拥有自主知识产权的高端收藏品《开国盛典·金简》曾得到政协主席贾庆林的批示和褒奖——而且是一位独具慧眼、古道心肠的热心人。正是在他不余遗力地支持和督促下,《霜叶红时》才得以成集、得以付梓。

作为一位风头正劲的商界奇才,褚永军先生能够在言商的同时关注并鼎力资助一部诗集的问世,和作为一名警官的子雷先生却痴迷诗歌、书法一样,同样是一件有违常识、甚至是莫名其妙、不知所以的事儿。但往往,有违常识的举动却正是“奇才”之所以“奇”的出奇之处。看似出其不意,结果却是浑然天成。而《霜叶红时》能够得以结集、付梓,不管是对于子雷先生、还是褚总永军而言,都应当是一件值得庆贺的幸事。

飞逝的时光,真情永驻——诚如子雷先生的诗语所言,待到“霜叶红时/在柔美的厚土中生出新绿 / 那潮起潮落的心语 / 才是你撩开阳光帷幔的序曲”……爱情如斯,友谊亦应当如此。

2012 年 4 月 15 日匆匆识于京西钓鱼台庄园